しあわせの法則

葉 祥明

日本標準

【しあわせ】

「しあわせ」とは

何か良いことがあった時の、

弾けるような

歓びというより、

むしろ、

何の憂いも

心配も不安もない

心が安らいだ

静かな状態のこと。

しあわせの法則

あなたは、
何をしている時が
一番幸せですか？
そんなこと、
考えたことない？
色々あって決められない？

それをしていると
心が安らぎ
他の事は考えない、
そんなこと。
それが君の
幸せのポイント！

人生の時の
多くを捧げたり
心を費やした
相手や物事は、
あなたと特別の
絆を結びます。
あなたにとって
それは何ですか？

人は、幸せを求める。
そして、それは
大抵の場合、
大きな幸せのことだ。
そのために努力し
苦労もする。
にもかかわらず
その幸せは
なかなか手に入らない。

そのくせ、
確実に手に入る
日々の何気ない
小さな幸せが
すぐそこにあるのに、
気づきもしない。

自分の居場所が
見つからない？
あちらこちらと
いくら捜しても
駄目だよ。
自分の居場所を
捜す前に
まず、自分自身を
見つけないとね。

そしたら
そのまま
自分自身が
自分の居場所と
なるんだよ。

最近どうですか？って
尋ねられて、
「毎日、幸せ！」
そう言えるには
人は、もっと単純に
ならなくてはいけない。
「幸せ！」って
言えない人は
とかく考えすぎる
人なんだ。

感謝は
「幸せ」のバロメーター。
怒りや不満は
「不幸」のバロメーター。

不幸せな人は
感謝の気持ちなど
とても持てない。
そしてまた、
感謝できないからこそ
不幸せなのだ。

幸せになりたかったら
感謝することだ。
どんなことにでもね。
そうすれば
感謝と幸せは
同時にやって来る。

今、この時は
二度と、やって来ません。
あとでも、さっきも
いつかも、以前も
ありません。
今、この瞬間。
これがすべて！
これが人生！
これがいのちです！

今、この瞬間を
逃しては
なりません。
今、歓びを、
今、幸せを！

幸せを
感じたかったら、
何か大切なものを
失ってみることだ。
帽子、マフラー、手袋、傘、手帳…
もしそれが
見つかったら、
人は、安堵し喜びを
感じるはずだ。
それが幸せ！

世の中も、人生も、
生活も何も変わらないのに、
失くしたものが
見つかった、
ただ、それだけで
人は幸せになれる。
しかし、残念ながら、
人は、すぐにそのことを忘れて
再び幸せから遠ざかる。

今住んでいる所が
世界で一番好き！
今やっていることが
この世で一番好き！
そう思えるなら
最高！
そう思うでしょう。
なら、そうしなさい！

負けてもいいんだよ。
大切なのは、そのことを
楽しめたかどうか
なんだからね。
苦しんで勝っても
楽しくなかったら
それをした意味は
ないでしょう?
どんなことであれ…
特に人生はね!

今の幸せを
忘れるんじゃないよ。
今、この瞬間、
問題は何もない、
急ぐことも、
しなくてはいけないこともない。
この静かな
安らぎの時を…

幸せに
なりたかったら
誰かを幸せに
してあげることです。
苦しんでいる人
悲しんでいる人
辛い思いでいる人を
慰め、励まし
勇気づける。

動物であれ
昆虫であれ
助けが必要な生きものを
手助けする、
手を差しのべる。
そうすること、
そうできること、
それこそが
幸せに他なりません。

あなたを
必要としている
小さく
か弱い存在は、
あなたに愛することを
教えてくれる
愛の教師です。
彼らは無力だが
偉大な導き手だ。

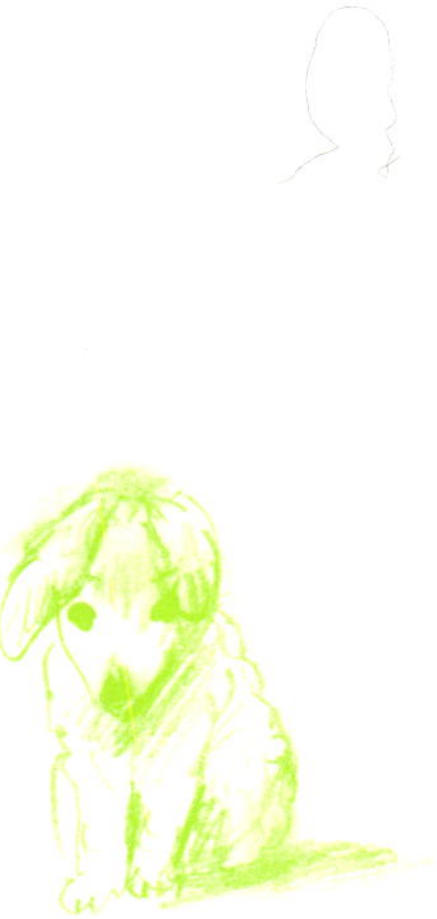

「どうしたの？」
「どうしました？」
困っている人に
さっとそう言える人に
なりなさい。
相手の話に
耳を傾け、
相手の話を
心こめて聞いてあげる。
そんな人を
皆は求めている。

素直になろう。
もっと、もっと、
素直になろう。
素直さは
自分の弱さや
自信のなさではなく、
また相手に屈服したり
自分を失うこと
でもない。

それは恐れも
曇りもない
純粋な
心の表れ！
それは、
世界から愛されているという
無垢な安心感。

愛とは、
相手のために
自分の欲求を
我慢すること。
愛とは、
常に相手のことを
第一に考え、
そうすることが
喜びで、
たとえ辛くても
そうするということ。

もし相手よりも
自分のことの方が第一なら、
それはまだ
愛とは違うもの、と
思いなさい。

先を急ぐ、
先のことばかり
考える。
過去にこだわる、
過去の考えに
縛られる。
そんな生き方は
「今」を失う。
「今」に生きられなくなる。
身も心も頭も
今、ここに！

それこそが
生きるということ。
生きているということ。

よく考えてみれば、
本当はこの世の
多くの人は
幸せなんだ。
しかし、
その事に気づいていない。

空気や太陽の
光に包まれている、
その有り難さが
わからないように、
日々のこの一瞬一瞬の
中にある歓びを
感じ取れなくなっている。

とにかく、
今、あなたは生きている！
それがすべて！
それが、
何よりのことだと
知りなさい。

小さな幸せも
大きな幸せも
幸せの質において、
違いはありません。
なのに
人は大きな幸せのことだけを
考えて生きている。
大きな幸せは
滅多にはないけれど
小さな幸せは
毎日味わえるのに。

心開いて身の回りを見れば、
ほら
そこにもここにも
幸せの種が一杯です！

幸せは
爽やかな朝、
野鳥の囀《さえず》り。
幸せは
ネコ達の食欲、
家族の無事。
幸せは
平穏な日々、
美味しい食事。

幸せは
心通わせる人との語らい、
庭に咲く草花。
幸せは、幸せは、
到る所にある。
心向けるすべての
ものの中に…

人は
自分の思い通りには
ならないものだ、
ということが
理解できたら、
それはあなたが
少し成長したと
いうことです。

そして、
人を、とやかく言うより
自分自身を
より善くしていこうと
思うようになったら、
しめたものです。
あなたが
人として成長すれば
それだけ人生が
豊かになるのですから。

人生の
究極の目的は
愛です。
そして、
その出発点が
自分自身です。
しかし、
いつまでも自分に
留まってはいけません。

愛の道を、
もっと先まで
進みましょう。
この道がどこまで続くか、
どこまで行けるか、
わくわくしますね。

幸せに
なりたかったら、
まず
今のこの瞬間に
自分は幸せだと
思うことです！

そうすると、
あなたの心から
幸せが広がって
あなたを中心に
幸せな事が
次々と起り始めます。
幸せは幸せに
引き寄せられてくるのです。

相手が悪い！
いつでも何でも
相手が間違っている！
そう思って
生きている人の心は
常に戦闘態勢
怒りや恨みや
報復の地獄です。
安らぐ時がない。

人も自分も未熟で到らない、
誰だって
間違うこともある、と
知っている人の
心は寛《ひろ》く、穏やかです。

どちらが
正しく、
どちらが
間違っているか、など、
心の平安から比べれば
どうでもいいこと。

簡単なことなんだよ。
幸せ、とは
心が安らいでいること、
それだけ。
その他のことは
つけ足しに過ぎない。
そのつけ足しを
求めて人は苦しみ、
それを失っては
また苦しむ。
そのことがわかるまでね。

苦痛も苦難も、
あなたがもっと
善くなるための
自分自身への
贈り物です。
それは決して、何かの間違いや
不運ではありません。

むしろ、あなたが
今よりももっと、
人として成長するために
どうしても必要なことです。
あなた自身の魂の
聖なる計画なのです。
勇気を持って取り組めば
必ず苦しみは乗り越えられます。

「今」とは
時間のことでは
ありません。
「今」とは
生きていると
いうことです。
そして、それはまた
「いのち」のことでも
あります。

「ここ」とは
場所のことでは
ありません。
「ここ」とは
あなたのこと
あなたという
存在のことなのです。

人はこの世に
生まれてくる時、
「時間チケット」を
携えてやって来る。
それは、
この世で生きるための
「いのちのチケット」。
何時間か一ヵ月か、
ほんのちょっとだけ
この世界を体験しに来た人。
あるいは十年二十年。

あるいは五十年か七十年。
でも、
人生を生きる
「時間チケット」は
長ければ長いほど
良いわけではありません。
短ければ残念、
ということでもないのです。
それは、各々それぞれの人の
魂の計画だからです。

幸せは、
お腹がすくこと。
人が食べるのは
命を養うためばかりではない。
幸せを味わいたいからだ。
食べることは
毎日の営み。

幸せになりたかったら
お腹をすかせなさい。
そして美味しく
食事をいただきなさい。
毎日幸せを味わいなさい。

「人間」になるためには
男性は「男性」を
越えなければならない。
闘争本能・凶暴性を制御し
優しく思いやり深くあることで。

「人間」になるためには
女性は「女性」を
越えなければならない。
依存心や恐れを克服し、
賢く、優雅に生きることで。

それには
努力と苦しみがつきもの。
「人間」となるのは、
真に偉大なことだ！

大切なのは
個々の具体的な
処理の仕方でなく、
根本的、基本的な
物事に対する
態度や心構えです。

それが身についていると
いつ、いかなる時にも
どのような事が
起ったとしても
常に適切に対応でき、
なおかつ
宇宙の絶妙なる支援を
得ることができるのです。

人生は、
時に不公平で
時に微笑みかける。
人生は、
時に過酷で
時に甘美。
人生は、
時に災い
時に恵みともなる。

だからこそ、
人生は味わい深く
生きる価値が十分ある。

結婚する理由
結婚しない理由
人それぞれ。
大切なのは
どちらであれ
この日々を
精一杯ひたむきに
生きることだ。

そうすれば
結婚というものは
あなたの人生の
要素のひとつでしかないと
わかるだろう。

いろんなことを
あんまり
当然だと
思わないように。

朝が来て
太陽のひざしや
小鳥の囀《さえず》り、
木の葉のそよぎが
感じられること。

そして
ご飯が食べられて
夜寝ることが
できること等々。
それは全部、
実に有り難い
幸せなんだということを
くれぐれも忘れないように。

考え過ぎたり
心配し過ぎの人は、
幸せになりにくい。
一方
過ぎたことを
忘れるのが上手な人は
いつも幸せでいられる。

ああすれば
よかった…
ああしなければ
よかった…
こうなれば
いいのに…
こうならなきゃ
いいのに…と
後悔と心配ばかり
していると
「今」を失います。

人が、幸せになれるのは
「今」だけなのですから。

苦しみも
悲しみも
人生にはつきもの。
しかし
それらは決して
永遠ではない。
いつかは去っていく。
あなたという
永遠の存在にとって
それらは束の間のこと。
本当だよ！

世の中を
どうしよう
こうしようと
思うことより、
この世の中で
自分自身は
どうする、
こうする、と
思い行動すること。
それが大切。

あなたがそうしてこそ、
この世も少しそうなる。
それで上出来!

以前は
良い、と思えたものが
今はそうは思えなくなったり、
あの時、
嫌だと思ったことが
今は気に入ったり…

人生では
よくそういうことが
起るから、
決めつけちゃだめだよ。
色々な可能性を
捨ててしまうことになるからね。

何か起っても
人のせいにしない！
起ったことを
受け入れる
その潔《いさぎよ》さ！

出来事の結果を
引き受ける
勇気を持ちなさい。
そこから学び
より賢く生きる
知恵を身につけなさい。

あなたが
この人生で
最も関心を寄せるべきは
自分自身です。
この世は
あなた自身が
生きるためにあります。

自分のことを
そっちのけにして
他の人、他の事ばかり
考えていたのでは、
この世もあなたも
何のためにあると
いうのでしょうか。
もっと、真剣に、自分自身のことを
考えて生きましょう！

自分を
大切にすることと
エゴイズムは
違います。
自分の欲望を
叶えるために、
人を傷つけ苦しめるのが
エゴイズムです。

人を大切にし
自分自身も大切にし
幸せになる。
それは、
すべての人に与えられた
宇宙からの
贈り物なのです。

天国は
どこか遠くに
あるのでは
ありません。
あなたが
貧しい人や
傷ついた人
苦しむ人
悲しむ人
見捨てられた
動物たちを見て、

心が痛んだ時、
あなたは
天国にいるのです。
愛、という天国に。

相手を
自分の
思い通りに
しようとしても
必ず失敗します。

あなたは、
良い人になりたいか？
それとも
お金持ちになりたいか？
あなたは、
心優しい人になりたいか？
それとも
地位と権力を得たいか？
あなたは、
美しいものを
創り出したいか？

それとも
美しいものを
所有したいか？
あなたは、
平和を求めるか？
それとも
戦い争いを求めるか？
ようく自分の心に
問うてごらんなさい。

不満をかかえて
生きていると、
大切なことを
見失う。
怒りをかかえて
生きていると、
人生の歓びに
気づかない。
感謝を忘れて
生きていると、
幸せが去ってしまう。

人は、
自分を
変えることができる。
真から
そう願うなら。

自分を傷つける
相手を許しなさい。
許すのは
相手のためではなく、
むしろ
自分の心の
安らぎのためです。
相手を許すことで
自分が救われるのです。

あなたは
いのち、そのもの。
決して
消えてなくなりはしません。
あなたは
永遠の存在。
今の人生の前にも
存在し
この人生の後にも
あなたは存在し続ける。

だから、
あなたは
今回もまた、
その時が来るまで
安心して生きれば
いいのです。

諦めるのは、
敗北ではありません。
諦めることで
新たな道が
拓けるのです。

相手に対して
どのくらい
配慮できるか。
それが、
その人の
人間性や
心のゆとりを
表します。
また、それは、
相手に対する敬意の
問題でもあるのです。

あなたは、
自分の幸、不幸、
快、不快を
人のせいに
していませんか？
そうである限り
あなたの人生は
他の人に
支配されたままです。

自分の幸せを
他の人に依存し、
自分の喜びは
他の人次第。
そんなことにならないように
自分自身の中に
幸せと喜びを
見出しなさい。

あなたは
相手の話を
黙って聞くことが
できますか？
相手の言葉に
耳を傾ける。

それは、
優しさです。
相手への敬意です。
あなたの中に
ゆとり、そして
愛がなくては
できないことです。

相手に、
必要なことを
してあげる。
ただそれだけ。
他に何の期待も
要望もない。
それこそが
本当の親切！
それこそが
本当の愛！

あなたが
最も苦しい時
最も辛い時
宇宙の大きな力が
あなたを包み
あなたを支え
あなたを守ってくれます。
あなたは安心して
その身を成行きに
任せなさい。

成行きもまた
宇宙の力です。
心配しないで
恐れないで
大丈夫、大丈夫…

この世って所は
制限時間があるんだ。
一人一人の持ち時間は
違うけれどね。
その中で
各々の人生の課題を
やりおおすんだ。
もし時間が
足りなかったら、
次の人生で
やり残しをやる。

もし余ったら…
うーん、それもまた
問題だなあ、
それはまあ
好きにしなさい！

人生は奇跡です。
人生は歓びです。
人生は愛です。

以上！

葉 祥明　よう・しょうめい

詩人・画家・絵本作家
1946 年熊本生まれ。
「生命」「平和」など、人間の心を含めた
地球上のさまざまな問題をテーマに
創作活動をしている。
1990 年『風とひょう』で、
ボローニャ国際児童図書展グラフィック賞受賞。
主な作品に、
『地雷ではなく花をください』シリーズ（自由国民社）、
『おなかの赤ちゃんとお話ししようよ』（サンマーク出版）、
『心に響く声』（愛育社）、
『コール マイネーム 大丈夫、そばにいるよ』（角川学芸出版）、
『ことばの花束』シリーズ、
『無理しない』
『いのち あきらめない』（日本標準）ほか多数。

http://www.yohshomei.com/
北鎌倉・葉祥明美術館 Tel:0467-24-4860
葉祥明阿蘇高原絵本美術館（熊本）Tel:09676-7-2719

しあわせの法則

2011年 4月1日 初版第1刷発行
2014年10月1日 初版第2刷発行

著 者：葉 祥明
装 丁：水崎真奈美 BOTANICA
発行者：山田雅彦
発行所：株式会社 日本標準
〒167-0052 東京都杉並区南荻窪3-31-18
Tel 03-3334-2653〈編集〉 042-984-1425〈営業〉
http://www.nipponhyojun.co.jp/
印 刷：小宮山印刷株式会社
製 本：大口製本印刷株式会社

ISBN978-4-8208-0531-1 C0095
Printed in Japan

＊乱丁・落丁の場合はお取り替えいたします。
＊定価はカバーに表示してあります。